AF219993

Anthologı.

darum

Hrsg. Magret Kindermann

des Tages kann die Katze somit ohne Probleme ruhen.

Durch das Zusammenleben mit Menschen gibt es mehr Hauskatzen als ihre wilden Verwandten. Vor allem Katzen, die in Wohnungen oder Häusern leben, haben es hier leicht. Freigänger allerdings sind zahlreichen Gefahren ausgesetzt und vermehren sich oft unkontrolliert, da nicht jeder Besitzer seinen felinen Begleiter kastrieren lässt. Auch die Vermischung zwischen Hauskatzen und Wild- oder Falbkatzen kommt somit häufig vor.

Eine Kastration, oder Sterilisation, die man heutzutage eher noch selten durchführt, ist nicht nur ein Vorteil für die ungewollte Vermehrung. Auch gesundheitlich ist es gerade für weibliche Katzen eine enorme Erleichterung, sofern sie nicht zur Zucht genutzt werden. Alle paar Wochen im Frühjahr und Herbst werden diese nämlich rollig, also paarungsbereit. Mehrere Rolligkeiten ohne Deckung können zu Dauerrolligkeit oder Scheinträchtigkeiten führen, die für Menschen und Katze Stress bedeuten.

Die Britisch Kurz-haarkatze

RASSEPORTRAIT

Die Britisch Kurzhaar, die sehr oft auch einfach BKH genannt wird, kommt, wie der Name schon sagt, aus Großbritannien. Es handelt sich hierbei um eine mittelgroße Katze, die sich im Aussehen innerhalb der Rasse deutlich unterscheiden kann. So ist die Gewichtsspanne zwischen 3 und 9 Kilo, auch die Größe variiert. Wenn man die Britisch Kurzhaar anschaut, wird man oft an einen Teddybären erinnert, da sie mit einem niedlichen runden Gesicht, den großen Augen und den typischen spitzen Ohren wie ein Plüschtier wirken können. Sie wirken stämmig und breit, oft ist diese Erscheinung jedoch durch das Fell verursacht.

Wie der Körper ist auch das Fell und auch die Augen je nach Verpaarung komplett unterschiedlich. Es können alle Augenfarben und beinahe jede Fellmusterung erreicht werden. Das Fell ist bei den BKH jedoch plüschig, dafür aber kurz und dicht. Sie haben Unterwolle, die durch Fellpflege wie Bürsten, gepflegt werden muss.

Bei guter Pflege können die Britisch Kurzhaarkatzen gut und gern bis zu 20 Jahre alt werden. Ausnahmen gibt es immer, besonders wenn es anfällige Tiere sind, die bereits mit einem Virus geboren werden. Dies ist jedoch die Ausnahme.

Wegen ihres einfachen Wesens und des vorab beschriebenen süßen Aussehens ist diese Rasse eine der beliebtesten in Deutschland und Mitteleuropa. Doch auch der Charakter dieser Katze ist so ansprechend, dass man als Katzenfan an ihnen kaum vorbeikommt. Die meisten BKH sind eher ruhig im Vergleich zu anderen Rassen, zudem kann man sie sehr gut an andere Haustiere gewöhnen. Weiterhin passt sich das kleine Wesen auch an die Halter an, was bedeutet, dass sie oft schläft, wenn ihr Mensch ebenfalls im Bett oder gar weg ist. Mit zunehmendem Alter wird man merken, wie ruhig die Katze wird, im Gegensatz zum Kittenalter, in dem alle Katzen sehr verspielt sind. Kenner sind der Meinung, dass das Wesen aber auch von der Farbgebung abhängt. Es hängt jedoch wohl einfach vom Individuum ab anstatt von der Fellfarbe. Auch die Elterntiere können Aufschluss darüber geben, wie sich deren Kinder charakterlich entwickeln.

Dadurch, dass die Britisch Kurzhaarkatzen sich sehr auf ihren Menschen einlassen, kann eine tiefe Bindung entstehen. Dies bedeutet jedoch auch, dass Ihnen diese Katze gern und oft überallhin folgt. Trotz der lieben Eigenschaft ist und bleibt diese Rasse eben doch eine Katze. Möchte sie etwas nicht, kann auch die sonst so sanftmütige BKH ihre Krallen ausfahren.

Sie haben nun ein genaues Bild davon bekommen, weshalb diese Rasse sich solch einer Beliebtheit erfreut. Um den Unterschied zu anderen Rassen jedoch deutlicher zu machen, folgen nun einige Eckdaten zu anderen Rassen. Außerdem werden Sie sehen, dass die Britisch Kurzhaar auch gern mal verwechselt wird.

ANDERE RASSEN

Es gibt unzählige Katzenrassen auf dieser Welt, die gezüchtet werden. Die neueste wurde erst vor Kurzem anerkannt und heißt Munchkin. Diese Katzen haben enorm kurze Beine, was sie besonders niedlich aussehen lassen soll. Eventuelle Haltungsschäden sind jedoch noch nicht abschließend zu beurteilen. Die aus Asien stammende Angora gilt hingegen als wohl älteste Katzenrasse wie auch die Siamkatze.

Grundsätzlich kann man Katzen in drei Kategorien einteilen. Kurz-, Lang- und Mittellanghaar, wenngleich Letzteres so nicht unbedingt korrekt ist, was auf das Erbgut zurückzuführen ist. Um jedoch nicht in die Genetik zu rutschen und gleich eine gesamte Zucht und deren Voraussetzungen zu erklären, bediene ich mich an diese drei Unterteilungen.

Von den Langhaarkatzen gibt es am wenigsten Rassen. Hierunter fallen vor allem die bekannte Perserkatze oder, wie oben bereits als älteste Rasse genannt, die Angorakatze. Langhaarkatzen brauchen sehr viel Fellpflege. Nicht nur um das Haaren in Maßen zu halten, sondern auch um zu verhindern, dass sich Knoten und Verfilzungen im Fell binden.

Zu den Halblanghaarkatzen zählen unter anderem die Ragdoll, die als sehr anhängliche Katze gilt und oftmals als Hund in Katzenform bezeichnet wird. Aber auch die Maine Coon, einer der größten Rassekatzen, findet man in dieser Kategorie wieder, obwohl diese Katzen, wie auch die Norwegische Waldkatze, feines langes Fell haben. Das liegt, wie oben bereits genannt, an der Genetik. Selbst als Longhair bezeichnete Rassen werden dennoch in diese Kategorie eingeteilt, wie die British Longhair, auch als Highlander bekannt, oder die Deutsch Langhaar.

Zu guter Letzt gibt es die Kategorie der Kurzhaarkatzen, worunter auch die bereits benannte Britisch Kurzhaarkatze fällt. Hierunter fallen auch die sogenannten Nacktkatzen, die Sphynx und Peterbald.

Weitere Möglichkeiten, Katzenrassen zu unterteilen, wären nach Schwanzlänge, da einige Katzen mit einem Stummel gezüchtet wurden, oder auch anhand ihrer Ohren.

VERWECHSLUNGSGEFAHR MIT FOLGENDEN RASSEN

Trotz der verschiedenen Rassen, die bereits angesprochen wurden, und jenen, die den Rahmen sprengen würden, kann es unter den verschiedenen Rassen zu Verwechslungen kommen. Der Grund dafür liegt darin, dass die Katze, anders der Hund, vorwiegend eine Eigenschaft mitbringen musste: Sie sollten Mäuse und andere Störenfriede von Feldern und Häusern fernhalten. Dadurch entwickelten sich kaum erkennbare äußere Unterschiede, wohingegen Hunde oftmals allein durch ihre Statur die Rasse offenbaren.

Die Britisch Kurzhaar kann somit mit einigen Katzenrassen verwechselt werden. Hierunter vor allem mit der Kartäuser, denn auch diese Rasse ist wie die Britisch Kurzhaar muskulös und breit, hat dazu kurzes, weiches Fell und die Farbgebung – vorwiegend blaugrau – gibt es auch bei den BKH. Auch ihr Charakter kann dem der BKH ähneln, da sie ebenfalls sehr auf ihren Menschen bezogen sind. Reinrassige Kartäuser haben jedoch immer gelbe Augen, was zwar auch bei der BKH vorkommt, jedoch sind hier anderer Augenfarben mehr verbreitet.

Auf den ersten Blick ist auch die Toyger der BKH sehr ähnlich. Zumindest dann, wenn die Britisch Kurzhaar mit der Tabby-Zeichnung geboren wurde, also den feinen Streifen und Musterungen in ihrem Fell. Den Toyger, der einen kleinen Tiger darstellen soll, kann man jedoch sehr gut daran erkennen, dass er sich vorwiegend wie die Raubkatze bewegt. Das Kinn ist ausgeprägter als bei einer BKH, die Ohren rundlicher.

Auch die Kanaani lädt zum Verwechseln ein. Diese Katze wurde mit der Falbkatze gekreuzt und soll ihr im besten Fall sehr ähnlich sehen. Auch hier ist die Gefahr der Verwechslung am größten, wenn man sich eine braune Tabby-gekennzeichnete BKH vorstellt. Allerdings besitzt die Kanaani-Katze ein getupftes Fell anstelle von Streifen wie bei der Tabby-Zeichnung. Außerdem ist sie wesentlich schlanker als die durchschnittliche Britisch Kurzhaar.

Neben diesen genannten Rassen unterscheidet man bei den anderen Kurzhaarkatzen noch die folgenden länderspezifischen Varianten: die Deutsche, die Amerikanische und die Brasilianische.

Die Deutsche Kurzhaarkatze kann man gut von der britischen Variante unterscheiden, da diese länger, schmaler und höher ist. Auch die Amerikanische ist durch ihre Statur gar nicht mal so ähnlich, wohl aber auf den ersten Blick nicht ganz so gut zu erkennen. Die Brasilianische Kurzhaarkatze ähnelt der Amerikanischen wohl am ehesten, dennoch sind sie gut auseinanderzuhalten. Die aus dem Süden stammende Katze ist viel eleganter als ihr nördlicher Verwandter. Hauptsächlich findet man diese Katzen in den Vereinigten Staaten von Amerika, da sich dort die meisten Liebhaber und Züchter dieser Rasse befinden.

Wie Sie sehen, ist es auf den ersten Blick nicht unbedingt einfach, die verschiedenen Katzenrassen auseinanderzuhalten. Vor allem aber beim Wesen merken Sie doch recht bald Unterschiede, sollte das Aussehen schlicht zu ähnlich sein. Sie selbst müssen entscheiden, welche Rasse Sie mögen. Dafür kann das Aussehen eine Rolle spielen oder der Charakter, natürlich aber auch beides.

Um sich vor allem auf den Charakter zu verlassen, ist es ratsam, zu einem Züchter zu gehen. Diese verpaaren nicht einfach willkürlich, sondern achten darauf, dass neben Krankheiten, die durch Bluttests ausgeschlossen werden, die elterlichen Charaktereigenschaften auf die Kitten übertragen werden.

Katzenhaltung

Es ist immer spannend, wenn ein neuer Lebensbegleiter einzieht und das Leben bereichert. Damit dies allerdings auch genau so kommt und Sie nicht überfordert, stelle ich Ihnen folgend war, worauf Sie achten müssen und was Sie bedenken sollten, bevor Sie sich über eine Adoption oder einen Kauf einer Britisch Kurzhaarkatze entscheiden und wie das Leben mit einem felinen Tier ablaufen kann. Zudem erläutere ich zu möglichen Problemen verschiedene Lösungsmöglichkeiten.

WAS MÜSSEN SIE BEACHTEN?

Bevor Sie sich eine Katze anschaffen, gibt es einige Dinge zu beachten. Sie sollten sich fragen, ob eine Katze überhaupt in Ihr Leben passt und ob Sie gewillt sind, sich etwa zwei Jahrzehnte um das feline Haustier zu kümmern. Hierbei geht es nicht nur um Ihren Willen, sondern auch darum, ob es Ihnen überhaupt möglich ist.

Um Ihnen die Entscheidung ein wenig leichter zu machen, kommen folgend einige Punkte, die man beachten und überdenken sollte, wenn man gern eine Katze als Haustier haben möchte.

Als Erstes spielt es eine große Rolle, ob Sie allein leben oder ob es noch andere Mitglieder in Ihrem Haushalt gibt. Hier könnten nämlich bereits die ersten Probleme auftreten. Wenn Sie allein leben, dann müssen Sie natürlich nur sich selbst fragen, ob Sie wirklich so lange mit einem Haustier zusammenleben wollen. Gibt es jedoch mehr Personen in Ihrem Haushalt, müssen Sie zunächst einmal abschätzen, ob auch alle mit einer Katze einverstanden sind.

Weiterhin ist es wichtig, vorab abzuklären, ob jemand Allergien gegen eine Katze hat. Es wäre für Sie sowie für die Katze ein Albtraum, würde das Tier erst einziehen, sich an Sie gewöhnen und würde dann wieder abgegeben werden, nur weil dies vorab nicht geklärt wurde. Beide Fragen lassen sich zum Glück sehr einfach klären. Einen Allergietest kann man in vielen Arztpraxen machen lassen und mit den Mitbewohnern zu reden, ist auch ein eher geringes Problem.

Zudem ist es auch sehr wichtig, zu klären, ob Ihr Vermieter es überhaupt erlaubt, dass Haustiere in Ihrer Wohnung oder in Ihrem Haus leben, sofern Sie Eigentum haben, ist diese Frage natürlich hinfällig. Wohnen Sie zur Miete, sollten Sie sich um eine Erlaubnis bemühen. Zu einer Hauskatze kann der Vermieter eigentlich nicht viel sagen, dennoch sollte es geklärt werden, damit Sie Ihren geliebten Vierbeiner nicht plötzlich wieder abgeben müssen.

Der letzte Punkt, der Ihr Zuhause betrifft, ist die Frage, ob bereits Haustiere bei Ihnen leben. Wenn ja, was für Tiere? Hätten diese Tiere Probleme mit einer Katze? Haben Sie zum Beispiel einen Hund, der bereits draußen allen Katzen nachjagt, oder laufen in Ihrer Wohnung Kaninchen frei herum, die leicht zur Beute werden könnten? Zwar gibt es unter Katzen auch Ausnahmen, manche verstehen sich blendend mit Nagern und Vögeln, doch darauf sollte man sich nicht verlassen. Selbst wenn Sie sich für ein Kitten entscheiden, gibt es keine Garantie, dass es verträglich mit anderen tierischen Bewohnern wird. Sollten Sie also bereits Haustiere haben, müssen Sie für den Worst Case gewappnet sein und vorab Lösungen parat haben.

Als Nächstes sollten Sie sich mit den Fragen beschäftigen, ob Sie genug Zeit, Platz und vor allem Geld haben. Man könnte meinen, dass eine Katze nicht sonderlich viel kostet. Die Anschaffungskosten sind jedoch nicht unbedingt gering. Hierbei geht es nicht nur um die Katze selbst, sondern auch um die Erstanschaffung des Zubehörs.

Außerdem kann ein Tierarztbesuch leider doch sehr schnell ins Geld gehen, sofern es sich nicht um die jährlichen Impfbesuche handelt. Abhilfe kann hier eine Tierkrankenversicherung schaffen. Ob diese sich in Ihrem speziellen Fall lohnt, müssen Sie selbst abschätzen. Wird Ihr Tier nie krank, dann halten sich die regulären Tierarztkosten natürlich in Grenzen. Haben Sie jedoch ein anfälliges Tier, würde eine Versicherung Sinn ergeben. Leider kann man dies nie vorhersagen, weshalb Sie sich hier auf Ihr

Bauchgefühl verlassen sollten. Hinzu kommen monatliche Ausgaben für Futter und Katzenstreu. Selbst wenn Sie sich dafür entscheiden, dass Ihre Katze das Haus oder die Wohnung verlassen darf, sollten Sie auch im Haus ein Katzenklo aufstellen. Dies sollte täglich von Kot und Urin gesäubert werden, mindestens einmal die Woche sollte die gesamte Streu gewechselt werden. So kann man je nach Streu und Nutzen auf mindestens einen Sack Katzenstreu pro Woche kommen.

Eine erwachsene Katze braucht zudem etwa dreimal am Tag Nahrung. Auch hierbei unterscheiden sich die Katzen. Einige fressen morgens und abends Nassfutter, zwischendurch greifen sie zu Trockenfutter. Manche sind mit einer Dose zufrieden, andere fordern mehr ein. Auch diese Kosten müssen Sie monatlich decken können.

Kommen wir zu der Farge der Zeit. Auch, wenn Katzen nicht so viel Aufmerksamkeit brauchen wie ein Hund, sollte vor allem beim Einzug gesichert sein, dass Sie in den ersten Tagen vor Ort sind. Die Katze muss lernen, was sie tun und lassen soll, sonst könnten Möbel und andere Dinge zu Bruch gehen. Außerdem benötigt eine Katze auch Fellpflege.

Selbst die Britisch Kurzhaarkatze sollte regelmäßig gebürstet werden, da sie sonst stark haart, wenn der Fellwechsel ansteht. Auch eine Katze möchte bespaßt werden, vor allem dann, wenn sie als Einzelkatze gehalten wird. Die täglichen Schmuseeinheiten sind auch nicht zu verachten. Auch die normale tägliche Pflege kostet Zeit: Katzenklo sauber machen, füttern, eventuelle Tierarztbesuche.

Dann bliebe noch die Frage offen, wie viel Platz Sie für eine Katze haben. Dabei geht es nicht so sehr darum, wie groß Ihre Wohnung oder Ihr Haus ist. Zu klein sollte es nicht sein, damit die Katze sich auch frei bewegen kann und genug Bewegung erhält. Vor allem geht es aber darum, ob Sie genug Platz für die ganzen Sachen haben, die eine Katze braucht. Dazu zählen mehrere Kratzmöglichkeiten, am besten mindestens ein Kratzbaum, das Katzenklo, die Fress- und Wassernäpfe, Spielzeug, Orte, an denen sich die Katze hinlegen kann. Hierfür gibt es eine Menge Utensilien, wie Kissen, Betten, Decken, sogar Haustiercouches sind erhältlich.

Außerdem sollte die Katze mindestens einen Rückzugsort haben. Ob dieser im Kratzbaum integriert ist oder Sie eine andere Stelle einrichten, wo das Tier sich ungestört aufhalten und sich verstecken kann, wenn es sich unsicher fühlte, bleibt dabei Ihnen überlassen. Zudem sollten Sie auch umdenken, wenn es um die Verstauung von Putzmitteln oder anderen giftigen Dinge, wie zum Beispiel Pflanzen, geht. Können Sie alles, was gefährlich ist, vor einer Katze sichern? Was ist mit Ihrem Balkon und den Fenstern? Können Sie sie ausreichend absichern? Wollen Sie das?

Zu guter Letzt sollten Sie sich darüber im Klaren sein, dass eine Katze nur bedingt auf ein „Nein" hört. Überlegen Sie sich am besten genau, ob Ihre Katze die ganze Wohnung für sich nutzen darf, da ein Fernhalten von einzelnen Zimmern nur durch geschlossene Türen möglich ist.

Was vorab ebenfalls geklärt werden sollte, ist die Betreuung, wenn Sie mal nicht da sind. Sei es, weil Sie in den Urlaub fahren, auf Geschäftsreise sind, Freunde besuchen oder gar ins Krankenhaus müssen, Sie sollten sich noch vor dem Kauf überlegen, wer sich in solchen Fällen um Ihre Katze kümmert. Eine Katze wird nicht gern aus ihrem Umfeld gerissen, weshalb die Betreuung, wenn möglich, bei Ihnen zu Hause stattfinden sollte. Mindestens sollte sich eine Person darum kümmern, dass die Katze täglich Futter und frisches Wasser erhält, zudem muss das Katzenklo gereinigt werden. Am besten hat die betreuende Person auch noch genug Zeit und Lust, sich täglich um das Wohl der Katze zu kümmern, und zwar mit Streicheleinheiten und Spielstunden. Vorübergehend ist jedoch nur die Versorgung nötig.

Sollten Sie solch eine Person nicht in Ihrem Umkreis finden, gibt es heute zum Glück viele andere Möglichkeiten, eine Urlaubsbetreuung, wie es heißt, zu bekommen. So gibt es zum Beispiel extra dafür angelegte Websites und Foren, in denen man Urlaubsbetreuungen finden kann. Fraglich ist natürlich, ob Sie gern eine fremde Person zu sich nach Hause lassen. Alternativ gibt es Katzenpensionen. Dort muss die Katze hin, bleibt also nicht in ihren gewohnten vier Wänden. Gerade für Leute, die jedoch niemanden haben oder eher skeptisch sind, ob die Pflege auch klappen würde, ist dies eine gute Lösung.

Die letzten Fragen drehen sich nun viel mehr um die Katze selbst. Sind Sie ein Mensch, der gern viel Zeit in seinen vier Wänden verbringt? Dann wird

Ihre Katze sicherlich sehr glücklich mit Ihnen werden. Haben Sie jedoch einen Job, der es erfordert, lange im Büro zu sein, oder ein Hobby, welchem Sie woanders nachgehen, wäre es eine gute Überlegung, ob Sie vielleicht sogar zwei Katzen zu sich nehmen.

Es gibt den Mythos, dass sich zwei Katzen nicht so sehr an ihre Menschen binden wie eine Katze. Es ist grundsätzlich vom Individuum abhängig, allerdings kann man getrost sagen, dass das nicht stimmt. Sollten Sie also eher Ihr Leben außerhalb Ihres Zuhauses verbringen, sollten Sie gerade bei der Britisch Kurzhaar überlegen, ob Sie sich zwei Katzen leisten können. Diese Katzen sind sehr verschmust und bauen eine große Bindung zu ihrer Bezugsperson auf. Es wäre schade, wenn die Katze somit länger allein wäre, als dass Sie bei ihr sind. Zu zweit können sich Katzen zudem auch gemeinsam und auf Katzenart auspowern.

Die letzte Frage, mit der Sie sich befassen sollten, ist die, ob Sie Ihre Katze als reine Wohnungskatze halten wollen oder ob Sie ihr die Möglichkeit geben wollen, nach draußen zu gehen. Sofern Katzen nicht von klein auf daran gewöhnt sind, die Wohnung zu verlassen, steht der reinen Wohnungshaltung nichts entgegen. Zudem können Sie Ihren Balkon – sofern vorhanden – Katzen-sicher machen, was bedeutet, dass Sie zum Beispiel ein Netz anbringen. Eine frische Brise genießen die meisten nämlich sehr gern. Sollten Sie sich dazu entschließen, Ihre Katze nach draußen zu lassen, überlegen Sie bitte vorher, welchen Gefahren die Katze ausgesetzt werden könnte.

Wenn Sie direkt an einer Schnellstraße oder an der Autobahn wohnen, sollten Sie sie lieber in der Wohnung halten. Diese Überlegung und der Entschluss bleiben letztendlich aber Ihnen überlassen. Freigänger sollten auf jeden Fall kastriert werden. Wie vorab bereits beschrieben, ist es auch für Wohnungskatzen besser, sie zu kastrieren, sofern Sie nicht züchten wollen. Gerade draußen ist dies aber enorm wichtig, so können sich die Katzen nicht unkontrolliert vermehren. Dies ist nicht nur wichtig, damit sich die Population in Grenzen hält, sondern auch, weil viele dieser Kitten und aufwachsenden Katzen in freier Wildbahn und vor allem ohne tierärztliche Pflege keine Chance haben.

Nun haben Sie gelernt, worauf es bei der Katzenhaltung ankommt. Sind Sie immer noch bereit, eine

Britisch Kurzhaarkatze bei sich aufzunehmen? Super! Das kleine tollpatschige Wesen wird es Ihnen danken.

AUSSTATTUNG

Sie haben sich nun mental damit befasst, sich eine Britisch Kurzhaarkatze anzuschaffen. Mit dieser Rasse haben Sie einen idealen Begleiter, der anhänglich ist, seinen Menschen liebt und sich an ihn bindet. Doch damit das Kätzchen sich auch bei Ihnen wohlfühlt, folgen hier noch Ausstattungstipps.

Es gibt Dinge, die Sie in jedem Fall brauchen, wenn Sie eine Katze bei sich einziehen lassen. Hierzu gehören:

Futternäpfe: Selbstverständlich braucht eine Katze mindestens einen Futternapf. Da viele jedoch das Trockenfutter die gesamte Zeit für die Katze stehen lassen, sollten hiervon mindestens zwei im Haus sein. Am besten mehr, damit Sie nicht vor jedem Essen den Napf reinigen müssen, sondern die Schüsseln austauschen können. Beim Kauf der Futternäpfe sollte man darauf achten, dass diese aus Edelstahl oder Keramik gefertigt wurden. Denn aus

Kunststoff hergestellte Näpfe können schädliche Stoffe wie Weichmacher oder Bisphenol enthalten, die den Hormonhaushalt Ihres Tieres negativ beeinflussen können. Die Schadstoffe lösen sich aus dem Kunststoff und werden so unbewusst bei jeder Mahlzeit von Ihrem Tier mitgefressen.

Wassernäpfe: Oftmals reicht ein Wassernapf. Frisches Wasser sollte zwar immer vorhanden sein, dieser muss aber zumindest nicht täglich gereinigt werden, falls er nicht verunreinigt ist. Wassernäpfe sollten nicht direkt neben Futternäpfen platziert werden, denn Katzen trinken instinktiv nicht dort, wo sie fressen. Dies liegt daran, dass die Katzen ihre Wasserstellen in der freien Natur nicht durch ihre erlegte Beute verunreinigen möchten.

Katzenklo: Selbstverständlich braucht eine Katze auch ein Katzenklo. Hier gibt es sehr viele Möglichkeiten. Sie sollten nach Ihren Präferenzen entscheiden, ein Kitten gewöhnt sich in dem Alter noch an alles. Es gibt Katzenklos mit und ohne Deckel. Es gibt sie mit einem tiefen oder einem hohen Einstieg. Die Formen sind ebenfalls unterschiedlich. Noch dazu gibt es selbstreinigende Katzentoiletten. Manche benutzen gar Wäsche- oder Allzweckkörbe ohne Löcher. Der Fantasie sind beinahe keine Grenzen gesetzt, solange die Katze Ruhe bei ihrem Klogang hat.

Futter: Beim Futter sollten Sie immer etwas im Haus haben. Anfangs sollten Sie dasselbe füttern wie der Vorbesitzer und dann langsam umstellen, sofern Sie eine andere Marke verwenden wollen. Dies gilt für Trocken- sowie Nassfutter.

Katzenstreu: Für die Katzenstreu können Sie nehmen, was sich für Sie richtig anfühlt. Worauf Sie allerdings achten sollten, ist, dass Sie benutzte Streu vom Vorbesitzer mitnehmen und dieses einmalig in das neue Klo füllen. Hier reicht eine Schaufel voll. Dies ist hilfreich, damit die Katze weiß, wo das Klo in der neuen Umgebung ist und wo sie ihr Geschäft zu verrichten hat.

Schaufel: Zusätzlich zum Katzenklo benötigen Sie auch eine Schaufel, um die Hinterlassenschaften zu entfernen.

Spielzeug: Zu einer guten Katzenhaltung zählt auch das Spielzeug. Viele Katzen spielen mit allem, was sie finden. Das bedeutet auch Papierschnipsel, alte – oder auch neue – Taschentücher, Wollmäuse. Dennoch sollten Sie Ihrem Liebsten einiges an

Spielzeug kaufen. Katzenangeln werden in der Regel sehr gut angenommen, genau wie verschiedene Bällchen. Es gibt auch extra Kissen, die mit Katzenminze oder Baldrian beträufelt sind.

Kratzbaum: Einen Kratzbaum sollten Sie sich auf jeden Fall holen, wenn Sie eine Katze zu sich nehmen. Es gibt diese Bäume in allen möglichen Varianten, Größen, Formen und Materialien. Auch die Preise variieren, ab 50 EUR können Sie einen guten Kratzbaum erhalten, dem Preis nach oben ist jedoch kaum eine Grenze gesetzt.

Achten Sie vor allem darauf, dass die Katze gute Kletter- und Kratzmöglichkeiten hat. Auch eine integrierte Höhle kann von Vorteil sein, wird aber nicht von jeder Katze angenommen. Gern haben Katzen auch, wenn es Plattformen oder Hänger gibt, am besten noch in großer Höhe, sodass sie alles von oben beobachten können. Doch auch kleinere Kratzbäume erfüllen ihren Zweck. Suchen Sie sich einfach etwas Schönes aus.

Nagelschere: Auch wenn sich die Katzen Ihre Krallen an Kratzbäumen oder aber an Möbeln ihre Krallen abwetzen, besteht die große Wahrscheinlichkeit, dass Sie als Katzenmama oder -papa nachhelfen müssen. Für solche Fälle sollten Sie eine Nagelschere für Katzen (ist meist eine Universalschere für alle Tiere) parat haben.

Bürste: Für eine Britisch Kurzhaarkatze brauchen Sie auf jeden Fall eine Bürste. Auch diese gibt es in vielen Varianten. Da das Fell auch bei den Individuen dieser Rasse oftmals unterschiedlich ist, kann man hier kaum eine Empfehlung aussprechen. Auf jeden Fall sollten Sie aber darauf achten, dass die Borsten nah beieinanderstehen. Zu weite Lücken sind für eine Britisch Kurzhaar nicht geeignet. Zudem gibt es auch Handschuhe, die mit einem Material beschichtet sind, sodass Sie das Fell bzw. einzelne Haare herausziehen können. Dies empfiehlt sich vor allem nach dem Bürsten, um die lockeren Haare zu entfernen.

Tragebox: Ganz wichtig ist auch eine Tragebox. Diese kann tatsächlich eine Box sein, heutzutage gibt es allerdings auch Rucksäcke und Tragetaschen für Haustiere. Hier haben Sie wieder die freie Entscheidung. Was gefällt Ihnen am besten? Ein Rucksack? Ein Weidenkorb? Oder doch die bewehrte Transportbox? Schauen Sie sich in einer Zoohandlung oder im Internet um. Für die Katze macht es kaum einen Unterschied, die meisten Tiere mögen diese sowieso nicht. Hier geht die Katze meist nur rein, wenn Sie zum Tierarzt muss oder sie gerade bei Ihnen einzieht. Um das Tier daran zu gewöhnen, können Sie die Box jedoch offen im Raum stehen lassen. Vielleicht legen Sie noch eine Decke hinein, sodass die Katze eine weitere Schlafmöglichkeit hat.

Katzenbettchen: Auch ein Katzenbettchen sollten Sie haben, damit sich Ihre Miezekatze richtig wohlfühlen kann. Wie in anderen Fällen gibt es auch hier verschiedene Möglichkeiten, es der Katze so richtig bequem zu machen. Suchen Sie sich einfach etwas aus und schauen Sie, wie Ihr Haustier darauf reagiert.

Diese Dinge sollten Sie auf jeden Fall zu Hause haben, bevor Ihre Katze einzieht. Nun folgen einige Sachen, die Sie nicht unbedingt brauchen, die jedoch ganz nützlich sein könnten. Im Lauf der Zeit werden Sie Ihre Katze kennenlernen und wissen, ob Sie folgende Utensilien für Ihren Begleiter holen wollen:

Katzenbrunnen: Katzenbrunnen, auch Trinkbrunnen genannt, können die Trinkgewohnheiten Ihrer Katze verbessern. Manche Tiere bevorzugen fließendes Wasser. Doch auch hier gibt es verschiedene Varianten, es kann sein, dass Ihr Haustier den ersten Brunnen nicht annimmt. Es gibt Katzenbesitzer, die bis zu drei Stück probiert haben. Notwendig ist ein Brunnen aber nicht, da die Katze ihren Wasserhaushalt über das Nassfutter regulieren kann.

Ein zweites Katzenklo: So kurios es klingt, aber Sie können Ihrer Katze ein zweites Katzenklo hinstellen. Man sagt, dass man pro Katze ein Katzenklo haben soll +1. Viele Katzen geben sich aber mit einem Klo zufrieden, teilweise teilen sich sogar zwei Katzen ein Klo, sofern es gründlich sauber gehalten wird.

Zeckenzange: Sofern Sie einen Freigänger haben, sollten Sie auch immer eine Zeckenzange vor Ort haben, um die lästigen Spinnentiere von der Haut Ihres Lieblings zu befreien. Selbst bei Wohnungskatzen empfiehlt es sich, eine zu haben. Immerhin können Sie selbst Zecken mit nach Hause tragen, die sich dann irgendwann an Ihrer Katze festsaugen.

Geschirr und Leine: Sofern Sie Ihre Katze an die Umgebung gewöhnen wollen, ist ein Geschirr und die dazugehörige Leine von Vorteil. So kann Ihr

Haustier die Umgebung in Ihrem Beisein erkunden und sich langsam daran gewöhnen, es lernt, wo es zu Hause ist. Es gibt auch einige Katzen, die so sehr daran gewöhnt sind, dass sie mit ihrem Besitzer Spaziergänge unternehmen.

Halsband: Halsbänder sind für Katzen eher gefährlich. Egal, ob Freigänger oder Wohnungskatze, wenn sie irgendwo hängen bleiben, können sie sich oftmals nicht befreien. Daher wird von einem Halsband meist abgeraten. Sollten Sie Bedenken haben, dass Ihre Katze mal verloren geht und man sie nur anhand des Halsbandes und der dazugehörigen Marke erkennt, dann sorgen Sie sich nicht. Es ist sowieso besser, wenn Sie Ihr Haustier chippen lassen. Tierärzte können diesen Chip dann auslesen und so findet man heraus, wohin die Katze gehört.

Intelligenzspielzeug: Manchen Katzen wird schnell langweilig. Auch wenn die Britisch Kurzhaarkatze zu den eher gemütlichen Rassen zählt, die sehr genügsam sind, gibt es auch Individuen, denen normales Spielzeug nicht unbedingt reicht. Sie brauchen etwas, um ihren Kopf anzustrengen, weshalb sich Intelligenzspielzeug hervorragend eignet. Hier muss die Katze versuchen, an ihr Essen zu kommen oder es gar komplett suchen, ohne es zu sehen. Auch hiervon gibt es verschiedene Varianten und auch verschiedene Level.

Kratzmöglichkeiten: Weitere Kratzmöglichkeiten zu schaffen als nur einen Kratzbaum, ist für die Katze aufregend, spannend und abwechslungsreich. Es gibt zahlreiche Möglichkeiten, dies zu tun. Zum Beispiel gibt es günstige Kratzmatten, die sich in etwa so anfühlen wie Papier. Es gibt Sisalbretter, die Sie an der Wand befestigen können, um Ihre Katze davon abzuhalten, die Wänden anzukratzen. Kratzstangen sind einfache Sisalstangen, an denen sich die Katze recken und strecken kann. Kratztonnen bieten eine hervorragende Möglichkeit, sich neben dem Krallenwetzen auch zu verstecken. Holen Sie sich einfach Inspiration in einer Zoohandlung oder im Internet und suchen Sie sich das aus, was am besten in Ihr Zuhause passt.

Leckerlis: Um Ihrer Katze das Essen zu versüßen, können Sie auch verschiedene Leckerlis holen. Hierbei sei gesagt, dass Katzen die Geschmacksrichtung Süß gar nicht wahrnehmen. Dennoch sind vor allem Britisch Kurzhaarkatzen kleine Schleckermäulchen, die oftmals gern fressen. Achten Sie nur darauf, dass Sie Ihrem Liebling nicht zu viele Leckerchen geben, da die BKH zu Übergewicht neigen.

Schlafplätze: Sie können Ihrer Katze auch mehrere Schlafplätze bieten, in dem Sie ihr Kissen und Decken in der Wohnung auslegen. Im Winter haben es die BKH gern kuschelig, weshalb sich auch ein Lammfell eignet. Einigen reicht auch ein einfacher Karton.

Katzenstreumatte: Da die Britisch Kurzhaarkatze eher als tollpatschig eingestuft wird, kann es durchaus vorkommen, dass sie nach dem Klogang einiges an Katzenstreu verliert. Sollte Ihnen das zu viel werden, gibt es für solche Fälle Katzenstreumatten. Diese legen Sie vor oder neben das Klo. Es dient dazu, die Katzenstreu zu sammeln, sodass Sie die Matte einfach über dem Katzenklo ausschütteln können.

Düfte: Baldrian und Katzenminze mögen die meisten Katzen sehr gern. Auch Lavendel und andere Kräuter werden gern gerochen. Es gibt dazu auch für uns Menschen nicht wahrnehmbare Hormonausschüttungen, die eine Katze beruhigen sollen. Feliway ist hier die bekannteste Marke. Diese Flüssigkeit, die durch Erwärmung an der Steckdose in den Raum abgegeben wird, sorgt dafür, dass die Katze sich in ihrem neuen Zuhause wohlfühlt, sich mit Artgenossen besser versteht, oder weniger Angst zeigt. So die Theorie. Ob Ihre Katze darauf anspringt, können Sie nur selbst testen.

Nagelschleifer: Wenn Sie Ihr Haustier von klein auf daran gewöhnen, dass man die Krallen selbst schneiden muss, kann es sehr gut sein, dass es im Lauf der Zeit keine Probleme gibt. Manche Katzen finden dies jedoch nicht so toll und lassen sich die Maniküre kaum gefallen. Abhilfe kann ein Nagelschleifer schaffen. Der Vorteil hier ist, dass Sie das Gerät nur kurz an die Kralle halten müssen, und schon ist die Spitze abgeschliffen. Eine Garantie dafür, dass Ihre Katze dies besser findet, gibt es allerdings nicht.

Sie sehen, dass eine große Menge verschiedene Dinge für Katzen gibt. Diese Liste ist sicherlich nicht vollständig, doch sie gewährt einen guten Einblick darauf, womit Sie Ihrer Katze etwas Gutes tun können. Es bleibt Ihnen überlassen, was Sie hiervon ausprobieren oder ob Sie im Lauf der Zeit weitere neue Dinge finden, die für Ihren Stubentiger geeignet sind.

Ihre Britisch Kurzhaarkatze

Nun, da Sie sich mit vielen Fragen beschäftigt haben und wissen, was eine Katze alles benötigt, können Sie sich über die Anschaffung Gedanken machen. Auch hier gilt es wieder, sich einigen Fragen zu stellen. Wo bekommen Sie Ihren neuen Begleiter her? Muss es ein Kitten sein? Geht auch eine Katze aus dem Tierheim?

Sie müssen für sich entscheiden, womit Sie sich am wohlsten fühlen. Zahlreiche Katzen, darunter auch sehr viele BKH, sitzen im Tierheim, oftmals

nicht einmal, weil sie schwierig oder krank sind. Sofern Sie also bereits eine erwachsene Katze aufneh-
men wollen, wäre es schön, wenn Sie sich im Tierheim Ihrer Wahl oder bei einem Katzenschutzverein
melden. Die Menschen wie auch die Tiere sind dank-
bar für jeden Interessenten. Außerdem sind sie in
der Lage, gut zu beraten. Sie kennen die Tiere und
können sich auch ein Bild von Ihnen und Ihrem Zuhause machen, was es einfach macht, das passende
Tier zu finden. Allerdings werden Katzen im Tierschutz oft nur zu zweit vermittelt, da dies die artge-
rechtere Haltung ist.

Weiterhin können Sie sich an Züchter wenden.
Es gibt gerade für BKH-Katzen in Deutschland eine
Menge. Viele sind auf einzelne Fellfarben und -zeich-
nungen spezialisiert. Die Tabby-Zeichnung zum Beispiel gibt es in Grau und Braun, hierfür werden Sie
schnell den für Sie passenden Züchter finden. Auch
Züchter machen sich ein Bild über Sie und können
anhand der Elterntiere und der bisher gezeigten
Charakter der Kitten Hilfestellung bei der Auswahl
geben. Seien Sie bitte nicht frustriert, falls Sie keinen
Züchter finden, der Kitten sofort abgibt. Zum einen
werfen Katzen zu unterschiedlichen Zeiten, meist

jedoch im Frühjahr und Herbst. Zum anderen haben Züchter oftmals eine Warteliste. Nehmen Sie einfach Kontakt auf und fragen Sie nach.

Außerdem haben Sie die Möglichkeit, sich von privaten Leuten eine Katze zu holen. Seien Sie hier aber gewarnt, denn illegalen Handel wollen Sie sicherlich nicht unterstützen. Hier ist Achtung gefragt. Wenn Sie von einer Privatperson, die Sie nicht persönlich kennen, ein Kitten nehmen wollen, achten Sie darauf, dass Sie den Wurf und das Muttertier bei dem Verkäufer zu Hause besichtigen können. Gehen Sie auf keinen Fall auf einen Verkauf auf einem Parkplatz ein, auch nicht an sonstigen Orten, die nichts mit dem Zuhause desjenigen zu tun haben.

Des Weiteren muss Ihnen klar sein, dass Privatpersonen in den wenigsten Fällen Hobbyzüchter sind. Die meisten verpaaren Ihre Katzen einfach, um einmal Kitten zu haben. Hier ist die Gefahr groß, dass die vermeintliche Britisch Kurzhaarkatze ein Mischling ist, was sich auch auf den Charakter und vor allem auf die Gesundheit auswirken kann. Nur Menschen mit Erfahrung und Wissen können Katzen in den meisten Fällen korrekt verpaaren. Sich einfach

eine hübsche Katze und einen hübschen Kater aus-
zusuchen, reicht nämlich nicht.

DIE ENTSCHEIDUNG

Sobald Sie wissen, woher Sie Ihre neue Katze holen
wollen, kann es losgehen. Sicher fahren Sie mit einigen Erwartungen zu dem Ort Ihrer Wahl. Glauben
Sie mir, wahrscheinlich entscheiden Sie sich ganz
anders.

Zunächst einmal: Das ist vollkommen in Ordnung. Es ist auch egal, ob Sie einen Kater oder eine
Katze holen. Es wird zwar allgemein behauptet, dass
Katzen ein wenig zickiger sind als Kater, aber da
dies, wie auch beim Menschen, vom Individuum abhängt, kann auch ein Kater, den Sie sich vielleicht so
sehr gewünscht haben, ziemlich kratzbürstig werden. Es mag bei anderen Rassen so sein, dass die
Weibchen nicht so verschmust sind, bei den BKH-
Katzen ist dies jedoch nicht so pauschal zu sagen.

Haben Sie die Idee von einer erwachsenen
Katze, da die weniger kaputt macht als ein Kitten?
Verabschieden Sie sich am besten davon. Jede Katze,
ob alt oder jung, ist in einer neuen Umgebung erst
einmal vollkommen ratlos. Es gibt die, die sofort

erkunden, und die, die sich erst einmal verkriechen. Lernen, was das Tier bei Ihnen darf, müssen sie aber alle.

Für den Fall, dass Sie zu einem Züchter oder einer Privatperson fahren, rate ich Ihnen, keine Erwartungen zu haben. Lassen Sie das Kitten aussuchen, ob es zu Ihnen will, dann wird die Bindung zwischen Ihnen schnell wachsen. Nehmen Sie sich Zeit und setzten sich einfach in die Kittenschar. Schauen Sie zu, wie die Kleinen auf Sie zugehen. Manche werden keine Angst zeigen und sofort auf Ihnen herumklettern, andere beobachten Sie sicher erst eine Weile aus sicherer Entfernung, wenn nicht sogar aus einem Versteck.

Um aber allen die Chance zu geben, Sie zu beschnuppern, vor allem aber, um sich selbst von Ihrem Kitten überzeugen zu können, planen Sie mindestens eine Stunde ein. Sie werden merken, welches Tier zu Ihnen will. Vielleicht ist es nämlich gar nicht die aufdringliche Katze, die versucht, alle Aufmerksamkeit auf sich zu lenken, sondern der kleine Kater, der Sie von Weitem beobachtet, sich aber einfach nicht traut, zu Ihnen zu gehen.

Hören Sie, was die Besitzer über die Kitten zu sagen haben, und hören Sie sich ruhig Ihre Meinung an. Lassen Sie sich nur nicht zu einer Entscheidung drängen. Hören Sie auf Ihr Bauchgefühl und mit Sicherheit haben Sie bald ein zu Ihnen passendes Kitten bei sich.

Im Tierschutz ist es ein wenig anders. Dort bewerben Sie sich auf ein Tier und erhalten eine Vorkontrolle, wenn alle Rahmenbedingungen passen. Hier entscheiden die Verantwortlichen, ob das Tier, das Sie sich anhand von Bildern und Beschreibungen, später über ein Telefonat mit der Pflegestelle, ausgesucht haben, zu Ihnen passt. Ärgern Sie sich nicht, wenn Sie das gewünschte Tier nicht bekommen.

Die meisten Mitglieder der Tierschutzvereine sowie Mitarbeiter von Tierheimen haben sich im Lauf der Jahre einiges an Wissen angeeignet und können die Lebenssituation der Bewerber gut einschätzen. Es mag einfach sein, dass das Tier, was Sie anspricht, schlichtweg nicht zu Ihnen passt, auch wenn Sie davon überzeugt sind. Alle Beteiligten wollen immerhin nur das Beste für die Tiere.

Wenn Sie sich, auf welche Weise und bei wem auch immer, für ein Tier (oder aber auch zwei Katzen) entschieden haben, werden Züchter und Tierschützer Ihnen Schutzverträge geben. Achten Sie auch bei Privatpersonen darauf, dass der Kauf über einen Vertrag bestätigt wird. Jetzt beginnen die aufregendsten Momente.

DER EINZUG

Endlich ist der Tag gekommen, an dem Sie Ihr neues Haustier mit nach Hause nehmen können.

Haben Sie keine Bedenken, wenn das Tier auf der Fahrt maunzt oder gar ein wenig schreit. Die meisten Katzen beschweren sich über die Autofahrt, zudem haben Sie Angst, weil sie aus ihrer gewohnten Umgebung gerissen worden sind. Auch ihre Bezugsperson fehlt plötzlich. Es klingt herzzerreißend, doch tun können Sie dagegen nichts. Fahren Sie in Ruhe weiter, sprechen Sie vielleicht mit ruhiger Stimme zu dem Tier, allerdings müssen Sie dies die Fahrt über ertragen. In vielen Fällen ist die erste Fahrt allerdings die schlimmste. Sie brauchen zunächst nicht befürchten, dass die Katze sich immer so laut beschwert, wenn sie ins Auto muss.

Wenn Sie Fahrt hinter sich gebracht haben, ist das Lauteste vorbei. Es kann zwar sein, dass die Katze auch noch während des Tragens etwas meckert, aber sobald Sie die Transportbox abstellen, wird sie sicher ruhig sein. Doch, wohin mit dem neuen Bewohner? Am besten suchen Sie sich ein Zimmer aus, welches keinem Trubel ausgesetzt ist und von dem Sie die Tür anlehnen können. So gewöhnt sich die Katze an ihre neue Umgebung und ist nicht überfordert. Auch das Katzenklo, Fressen und Wasser sollten vorerst in diesem Raum stehen. Sobald sich die Katze an ihre neue Umgebung gewöhnt hat, können Sie die Sachen nach und nach an ihre vorgesehenen Stellen bringen.

Stellen Sie die Box auf den Boden und öffnen Sie diese. Nun beginnt das Warten. Die meisten Britisch Kurzhaarkatzen, egal wie forsch in ihrer gewohnten Umgebung, werden eine Weile brauchen, um die Box, die Ihnen Sicherheit vermittelt, zu verlassen. Jetzt brauchen Sie Geduld. Am besten setzen Sie sich entweder mit in den Raum und reden der Katze gut zu oder Sie lassen sie allein und warten einfach eine Weile, ehe Sie wieder nach Ihrem kleinen Begleiter schauen. Geben Sie ihr Zeit.

Nach einigen Stunden sollte die Katze aus ihrem Versteck gekommen sein. Wenn nicht, haben Sie die Möglichkeit, sie mit Spielzeug zu locken. Gerade Kitten reagieren darauf neugierig und vergessen oftmals ihre Angst vor dem Neuen.

Wenn die Katze draußen ist, lassen Sie sie die Umgebung erkunden. Bewegen Sie sich zunächst nicht zu schnell, das könnte das Tier erschrecken. Zeigen Sie ihr ihre Toilette und achten Sie in den nächsten Stunden darauf, dass sie Urin und Kot absetzt. Es kommt auch schon mal vor, dass die Tiere in ihrem neuen Zuhause solch eine Angst haben, dass sie über Stunden in einem Versteck bleiben, was nicht unbedingt die Box sein muss. Unter dem Bett, unter der Couch oder in anderen Möglichkeiten mag sie sich sicherer fühlen. Mit gutem Zureden und Spielzeug, eventuell auch mit Futter, sollten Sie sie jedoch spätestens am nächsten Tag herausgelockt haben.

Bei erwachsenen Katzen ist es in Ordnung, wenn diese für länger in einem Versteck sitzen. Kitten sollten jedoch regelmäßig essen und trinken und die Toilette benutzen. Schieben Sie dem Tier in solch einer Situation einfach die gefüllten Näpfe hin und setzen Sie sie von Zeit zu Zeit in das Katzenklo.

In den meisten Fällen wird das Katzenkind jedoch aus der Box herauskommen und beginnen, die Umgebung zu erkunden. Seien Sie ruhig dabei, sitzen Sie im selben Raum und beobachten Sie das kleine Wesen. Spielen Sie direkt mit ihr oder ihm und lassen Sie sich beschnüffeln.

Kecke Katzen sind schnell im Erkunden. Sollte die Katze ohne Probleme den Raum verlassen, dann können Sie dieses ruhig zulassen. Beobachten Sie die Katze ruhig, sodass Sie sehen, ob sie sich erleichtern muss und den Weg zurück ins Zimmer mit der Toilette findet. Reden Sie mit dem Tierchen, um es an Ihre Stimme zu gewöhnen, und seien Sie vor allem gelassen. Legen Sie Ihre sicher vorhandene Aufregung ab, das sorgt auch bei der Katze für eine positive Stimmung.

Im Lauf der ersten Stunden wird das Kätzchen immer sicherer. Ob es allerdings die gesamte Wohnung erkunden will, ist fraglich. Britisch Kurzhaarkatzen sind neugierig, aber auch skeptisch und lassen sich somit gern Zeit. Wenn die Katze das Klo gefunden hat und weiß, wo ihre Nahrung steht, können

Sie sie aber auch gern mal in Ruhe lassen. Das Tierchen wird kommen, auch direkt zu Ihnen, wenn es bereit ist.

Die erste Nacht naht jedoch. Stellen Sie sicher, dass das Tier bereits einen Rückzugsort gefunden hat. Ist dies nicht der Fall, präparieren Sie am besten die Transportbox. Legen Sie eine Decke hinein, sodass die erste Nacht im neuen Zuhause angenehm wird.

Wenn Sie ein Kitten adoptiert haben, wird es in der Nacht sicher zu Ihnen kommen. Die BKH liebt die Nähe des Menschen, gerade in der Anfangszeit. Bei einer erwachsenen Katze braucht es oft ein wenig mehr Zeit, wundern Sie sich also nicht, wenn Ihr neuer Begleiter nicht bei Ihnen schläft.

Die erste Nacht wird sicher auch für Sie aufregend. Schauen Sie ruhig nach dem Tier, wann immer Sie aufwachen. Es wird spannend sein zu sehen, wo sich der Stubentiger aufhält, was er erkundet und welche Schlafplätze er entdeckt. Haben Sie das Gefühl, dass das Kitten jedoch nicht richtig zur Ruhe kommt oder sich an einem Ort niedergelassen hat, an dem es unter Umständen zu kalt ist, z. B. auf Fliesen, können Sie einen Versuch starten und es mit zu sich nehmen. Kitten brauchen Wärme und dürfen nicht auskühlen – selbstverständlich dürfen Kitten dort auch mal liegen, für die erste Nacht ist das jedoch wenig hilfreich.

Hiermit ist nicht gemeint, dass Sie es im Arm halten und schlafen, sondern dass Sie es neben Ihr Kissen ablegen oder auf eine Decke. Gerade bei ängstlichen Katzen ist das von Vorteil.

Auch erwachsene Katzen können in der ersten Zeit Probleme haben, einen geeigneten Schlafplatz zu finden. Abhilfe können Sie schaffen, indem Sie Decken oder einen Katzenkorb in die Nähe eines ungemütlichen Schlafplatzes stellen. Einer ausgewachsenen Katze wird eine Nacht auf Fliesen oder der Fensterbank jedoch nicht schaden.

DER ALLTAG

Die erste Nacht ist geschafft, vielleicht haben Sie diese schlaflos verbracht, aber das war es wert, oder? Jetzt beginnt der Alltag.

Es wird noch eine ganze Weile dauern, bis sich Ihr neuer Gefährte an die neue Umgebung gewöhnt hat, doch der Alltag beginnt. Es wird gefüttert, es wird gespielt, das Katzenklo wird gereinigt, es wird gekuschelt. Mal mehr, mal weniger. Oft werden Sie hinter dem neuen Stubentiger herlaufen und „nein" rufen. Vielleicht zerkratzt er am Anfang Wände und Möbel, dann setzen Sie die Katze an die richtige Stelle und zeigen ihr, wo sie kratzen darf.

Gerade Kitten nutzen auch alles zum Klettern. Es kommt nicht selten vor, dass sie Sie als Kletterstange missbrauchen und an Ihnen hochklettern wollen. Unterbinden Sie das von Beginn an. Achten Sie auf die kleinen Krallen, bei Kitten sind diese um einiges schärfer als bei erwachsenen Katzen. Zumindest haben adulte Tiere gelernt, damit umzugehen.

Mit der Zeit werden Sie sehen, wie toll eine Britisch Kurzhaarkatze ist. Sie wird sich mit Ihnen unterhalten, wird Ihre Liebe einfordern und ein anhänglicher Begleiter in Ihrem Leben werden. Tollpatschig wird sie zwischen Ihren Blumentöpfen auf der Fensterbank herumstreunen und Ihre geliebte Dekoration herunterschmeißen, aber ist es nicht einfach süß, wie Sie danach angeschaut werden? Eine BKH bringt Abwechslung in Ihr Leben sowie Liebe und Zuneigung.

Ich wünsche eine wunderbare Freundschaft!

Eventuelle Probleme und mögliche Lösungen

Bei der Katzenhaltung kann es auch zu einigen Problemen kommen. Oftmals sind die Probleme jedoch einfach zu lösen und brauchen nicht immer einen Tierarztbesuch. Ich möchte jedoch ausdrücklich darauf hinweisen, dass dieses Buch und die nachfolgenden Verhaltensweisen sowie die Lösungsansätze nie einen Tierarzt ersetzen. Haben Sie den Eindruck, dass Ihr Tier tatsächlich krank ist und Schmerzen hat, gehen Sie bitte zum Tierarzt Ihres Vertrauens.

DIE KATZE VERKRIECHT SICH

Gerade, wenn die Katze neu bei Ihnen ist, ist es nicht verwunderlich, wenn sich Ihre Katze eher verkriecht, als Kontakt zu Ihnen zu suchen. Es gibt Katzen, die enorm viel Zeit brauchen. Geben Sie sie ihr. Am besten reden Sie ihr weiterhin gut zu, bleiben Sie jedoch auf Abstand. Stellen Sie sicher, dass das Katzenklo sowie Futter und Wasser in ihrer Nähe sind. Nach etwa einem Tag sollte sich die Katze von allein aus Ihrem Versteck bewegen.

Ist Ihre Katze bereits länger bei Ihnen und versteckt sich, kann das einfach eine neue Marotte Ihres Lieblings sein. Bitte denken Sie allerdings gut darüber nach, ob Sie zuvor anderweitige Veränderungen bemerkt haben. Schnurrte Ihre Katze plötzlich lange und oft, obwohl Sie sie nicht gestreichelt haben? Frisst sie normal?

Versuchen Sie, das Tier aus dem Versteck zu locken und checken Sie es durch. Leider ist es so, dass sich Katzen gern verkriechen, wenn es Ihnen schlecht geht. Davon ist, bei nicht vorhandenen

Anzeichen, jedoch nicht auszugehen. Katzen kommen auch plötzlich auf Ideen und suchen sich einfach neue Verstecke. Beobachten Sie Ihr Haustier etwas genauer und gehen Sie im Zweifel zum Tierarzt.

DIE KATZE IST UNSAUBER

Es kann passieren, dass Katzen plötzlich unsauber werden. Hierfür gibt es verschiedene Möglichkeiten, dies wieder in den Griff zu bekommen. Zunächst einmal sollten Sie Ihre Katze beobachten und schauen, ob es wirkt, als hätte sie Schmerzen. Die Tiere können nämlich, wie wir Menschen auch, an Blasenentzündungen leiden. Allerdings ist es in solch einem Fall meist so, dass der Urin überall abgesetzt wird, nicht nur an einer Stelle.

Gleichzeitig sollten Sie sofort den Urin und/oder Kot beseitigen und diese Stelle besonders gründlich reinigen, sodass der Geruch neutralisiert wird. Hierfür gibt es Sprays, die meistens speziell für Hunde gemacht sind, um diese stubenrein zu bekommen. Es wirkt jedoch auch bei vielen Katzenhinterlassenschaften.

Gerade Kot bleibt gern bei den Katern kleben, sofern sie noch nicht kastriert sind. Auch bei

Durchfall kann es vorkommen, dass Tapsen oder sogenannte Stempel und Tröpfchen neben dem Klo abgesetzt werden. Hier handelt es sich vielmehr um ein Versehen als um Vorsatz.

Manche Katzen entwickeln im Lauf der Zeit eine Abneigung gegen ihr Klo. Der einfachste Weg, um dies festzustellen, ist es, ein neues Katzenklo zu kaufen. Oftmals ist das Problem damit nämlich schon behoben.

Ein weiterer Grund könnte sein, dass der Katze die Toilette nicht rein genug ist. Auch hier können Sie das Problem mit vermehrter Reinigung schnell in den Griff bekommen.

Ist Ihre Katze im geschlechtsreifen Alter? Dann handelt es sich vielleicht gar nicht um den eigentlichen Urin, vielleicht beginnt Ihre Katze zu kennzeichnen, denn auch weibliche Katzen kennzeichnen mit Duftnoten, allerdings seltener als Kater. Egal, ob Männlein oder Weiblein, spätestens jetzt sollten Sie sich überlegen, ob Sie Ihren Liebling kastrieren lassen wollen.

Bei kleinen Katzen sollten Sie auch immer bedenken, dass es einfach passieren kann, dass das

Kitten das Klo entweder nicht findet oder es nicht schnell genug erreicht.

Grundsätzlich sind Katzen nämlich sehr reinliche die Tiere, die nicht einfach ohne Grund außerhalb ihrer Toilette das Geschäft verrichten. Eine Garantie, dass eine dieser Lösungen auf Ihre Katze zutrifft, kann ich natürlich nicht geben. Es ist allerdings von Vorteil, wenn Sie einige Sachen, wie die bereits genannten, ausschließen können und schließlich einen Tierarzt aufsuchen müssen, ist es für ihn mit diesen Informationen einfacher, eine Ursache zu finden.

DIE KATZE WIRD PLÖTZLICH AGGRESSIV

Sie haben eigentlich eine liebe Katze, mit der Sie auch kuscheln können? Nach einer ausgiebigen Schmusestunde wird Sie allerdings plötzlich aggressiv, schlägt nach Ihnen und beißt Sie? Das ist erschreckend, jedoch meist nichts Schlimmes. Auch hier gilt, beobachten Sie Ihre Katze genau, gibt es Anzeichen, dass es ihr schlecht geht? Dann gehen Sie bitte zum Tierarzt.

Andere Ursachen können sein:

Auch wenn Katzen die Pubertät meist ruhig und nicht sichtbar erleben, gibt es Katzen und Kater, die diese eben doch an ihren Menschen auslassen. Eventuell entwickeln sie sich gerade zu einer Katze, die die Schmuseeinheiten nicht mehr so toll fand wie früher. Das sollten Sie akzeptieren und ihr den nötigen Freiraum geben. Um das Zusammenleben ein wenig harmonischer zu gestalten, können Sie zu Feliway oder anderen Hormonausschüttern greifen, die Ihre Katze beruhigen sollen. Die BKH ist allerdings so friedfertig, dass es meist nur ein vorübergehendes Problem ist.

Halten Sie eine Einzelkatze, kann dies auch ein Zeichen dafür sein, dass Ihre Katze einen Begleiter braucht. Katzen schmusen und jagen sich, dies oft direkt nacheinander. Hier können Sie als Mensch nicht mithalten. Kommt dieses Verhalten öfter vor, sollten Sie darüber nachdenken, ob eine Zweitkatze eine Option wäre.

BLUT IM STUHL, WAS JETZT?

Es kann passieren, dass Sie ab und an mal Blut im Stuhl finden. Eine leichte Spur oder einmaliges Blut (sofern es nicht übermäßig viel ist) können im Laufe des Lebens einer Katze vorkommen. Es kann sein, dass eine Ader am After geplatzt ist, dass der Kot zu hart ist, oder aber auch, dass die Katze Futter mit roter Soße bekommen hat. Dann handelt es sich nicht um Blut, kann aber ähnlich aussehen, je nachdem, wie Ihre Katze das Futter verträgt.

Geraten Sie also nicht in Panik, wenn Sie kleine Blutspuren finden. Bei Häufung oder viel Blut sollten Sie mit einer Kotprobe zum Tierarzt.

DIE KATZE ÜBERGIBT SICH OFT

Bei Katzen ist es normal, dass sie sich ab und an übergeben. Dadurch, dass sie ihr Fell sehr sauber halten und sich täglich mehrfach putzen, schlucken sie die Haare. Diese werden beim Erbrechen wieder ausgeschieden. Oft liegt dann eine Haarwurst im Erbrochenen. Gerade beim Fellwechsel kann es vorkommen, dass Sie alle paar Tage solche Ausscheidungen finden. Das ist vollkommen normal. Auch, wenn Sie keine Haarwurst sichten sollten, nicht immer rollen sich die Haare zusammen, sondern treten auch mit normalen Erbrochenen aus.

Minderung können Sie schaffen, indem Sie Ihre Katze gerade beim Fellwechsel wenigstens alle paar Tage, wenn nicht jeden Tag, bürsten. Auch dann wird sich die Katze mit großer Wahrscheinlichkeit übergeben, jedoch nicht mehr so häufig. Auch außerhalb des Fellwechsels kommt es vor, dass Haare erbrochen werden, wenngleich eher selten.

Auch ohne Haare erbrechen die Katzen manchmal. Grund zur Sorge besteht erst dann, wenn das Haustier keine Nahrung und Flüssigkeit halten kann. Ist das Tier krank, kommt auch noch oft Durchfall dazu. Da jede Katze anders ist, sollten Sie in dem Fall zum Tierarzt, anstatt zu Hausmitteln zu greifen, zumindest dann, wenn Ihre Katze noch neu ist und Sie diesen Fall noch nicht hatten. Andere Katzenbesitzer, die ihre Katzen längst kennen, wissen, wie sie eine leichte Magen-und-Darm-Entzündung auch ohne Tierarzt bekämpfen können.

DIE KATZE MAUNZT STÄNDIG

Britisch Kurzhaarkatzen sind gern mit ihrem Menschen zusammen und kommunizieren auch mit ihnen. Es ist also normal, dass Ihre Katze sich Ihnen mitteilt. Schlaue Katzen merken sich, wie Sie bei welchem Maunzen reagieren und wenden dies an, um etwas Spezielles zu bekommen.

Wenn Sie ein Weibchen haben, kann dies häufiges Maunzen und Gurren jedoch auch ein Zeichen dafür sein, dass Ihre Katze rollig ist. Es gleicht immer dem Katzenjammer, den man in der Nacht ab und an mal draußen hört. Rollt Ihre Katze sich dazu noch auf dem Boden und streckt ihren Hintern in die Höhe, dann ist Ihre Katze nun geschlechtsreif.

Einzelnes Maunzen kann auch ein Zeichen dafür sein, dass es Ihrer Katze nicht gutgeht. Das können jedoch nur Sie beobachten.

Ist Ihre Katze kerngesund und definitiv nicht rollig, haben Sie wohl einfach eine Katze, die sich sehr gern mit Ihnen unterhält. Das ist gar nicht so selten, wie man denken könnte. Katzen sind schlau und wissen, dass Sie weniger mit Ihrer Körpersprache anfangen können als mit einem Maunzen.

TRINKT DIE KATZE WENIG WASSER?

Haben Sie das Gefühl, dass Ihre Katze zu wenig trinkt? Dann schauen Sie zunächst einmal auf die Fressgewohnheiten. Sofern Ihre Katze viel Nassfutter erhält, braucht sie an kalten bis milden Tagen kein extra Wasser, wenngleich es immer parat stehen sollte.

Wenn Sie der Meinung sind, dass Ihre Katze trotzdem nicht genug Flüssigkeit bekommt, probieren Sie einfach mal aus, ob Ihre Katze aus der Badewanne oder aus dem Waschbecken bei fließend Wasser trinkt. Manche lecken dort auch gern kleine Pfützen auf. Außerdem kann ein Katzenbrunnen hier Abhilfe schaffen. Wie bereits erwähnt, gibt es hiervon jedoch so viele, dass es sein kann, dass Ihre Katze nicht beim ersten Kauf zufrieden ist. Probieren Sie ruhig mehrere aus.

Glauben Sie allerdings, dass alles nichts gebracht hat und Ihre Katze dennoch zu wenig trinkt, dann sollten Sie einen Tierarzt aufsuchen.

Und sie lebten glücklich bis ans Ende ihrer Tage!

Sie haben nun einen sehr guten und gründlichen Eindruck über die Britisch Kurzhaarkatze und deren Haltung bekommen. Vielleicht haben Sie sich bereits ein solches Tier geholt und erfreuen sich an der Tollpatschigkeit des kleinen, runden Tieres.

All die Listen an Informationen sind unvollständig. Jeder Katzenbesitzer wird im Lauf seines Lebens

Neues dazulernen und durch andere Besitzer, Tierärzte oder Fachjournale mehr und mehr dazulernen.

Es ist vollkommen normal, dass Sie sich am Anfang etwas hilflos vorkommen, so fühlt sich jeder zu Beginn des Zusammenlebens. Es wird jedoch einfacher und schon bald legen Sie eventuelle Hemmungen und Zweifel ab. Mit der BKH haben Sie einen tollen Begleiter, der am liebsten immer an Ihrer Seite ist.

Ich wünsche ein schönes Leben mit Ihrem neuen Vierbeiner!

Herstellung und Verlag:
BoD – Books on Demand, Norderstedt
ISBN: 9783755739371

© Britta Fährmann 2021
1. Auflage
Kontakt: Psiana eCom UG/ Berumer Str. 44/ 26844 Jemgum
Covergestaltung: Fenna Larsson
Coverfoto: depositphotos.com

FSC
www.fsc.org

MIX

Papier aus ver-
antwortungsvollen
Quellen
Paper from
responsible sources

FSC® C105338